AF509733

# BULLETIN

DES

# EXAMENS DE L'ACADÉMIE D'AIX

PUBLIÉ PAR

## A. HEYRIÈS et A. ÉLOY

## BREVET ÉLÉMENTAIRE ET BREVET SUPÉRIEUR

### PREMIÈRE ANNÉE

MARSEILLE

TYPOGRAPHIE BERNASCON

RUE SAINT-FERRÉOL, 27

1878

Le Bulletin des Examens de l'Académie d'Aix paraîtra en douze fascicules,
au moins, de 16 pages, qui formeront chaque année un volume de 200 pages
environ, avec planches, cartes, figures, dessins, et une table analytique pour fa-
ciliter les recherches.

Prix du volume : F. 12 »
Prix du fascicule : 1 25

# BULLETIN

DES

# EXAMENS DE L'ACADÉMIE D'AIX

# BULLETIN

DES

# EXAMENS DE L'ACADÉMIE D'AIX

PUBLIÉ PAR

## A. HEYRIÈS et A. ÉLOY

———

## BREVET ÉLÉMENTAIRE ET BREVET SUPÉRIEUR

———

PREMIÈRE ANNÉE

———

MARSEILLE
TYPOGRAPHIE BERNASCON
RUE SAINT-FERRÉOL, 27
———
1878

Le Bulletin des Examens de l'Académie d'Aix dont nous commençons aujourd'hui la publication, s'adresse spécialement aux maîtres et aux élèves qui aspirent aux divers degrés du brevet de capacité.

Aux uns, — en publiant le texte même des épreuves écrites auxquelles ont été soumis les candidats, — nous offrons un choix de devoirs sérieux, d'exercices dont la collection doit former, au bout d'un temps relativement peu éloigné, un cadre duquel les commissions d'examen ne s'écartent guère.

Aux autres, nous indiquons, autant que nous le pouvons, non-seulement les réponses, les solutions, mais encore la manière dont il leur convient, à notre avis, de traiter les questions qui ont été posées.

Cette dernière considération justifie, — principalement dans nos solutions mathématiques, — certaines longueurs, certains détails, inutiles en apparence.

Bien que le nombre des adhésions que nous avons déjà reçues soit loin de couvrir les frais qu'entraîne une pareille publication, nous n'avons pas reculé devant les sacrifices que nous impose l'entreprise, considérant comme un devoir impérieux de ne pas abandonner un projet dont l'utilité nous paraît incontestable, et surtout de répondre à l'empressement des souscripteurs qui ont bien voulu nous encourager au début.

D'ailleurs, nous croyons pouvoir compter sur le concours des personnes qui ont préféré nous juger avant de nous aider, et auxquelles nous faisons aujourd'hui un nouvel appel.

Sans aucun doute, des imperfections se sont glissées dans ce spécimen; mais nos lecteurs nous tiendront compte des difficultés d'organisation d'une œuvre aussi délicate, que tous nos soins tendront à rendre digne des approbations qui nous sont parvenues et de celles que nous espérons encore.

A. Heyriès     A. Eloy

# BULLETIN

DES

# EXAMENS DE L'ACADÉMIE D'AIX

## SESSION DE MARS 1878

### ASPIRANTS
(BREVET ÉLÉMENTAIRE)

### DICTÉE

Les Grecs, naturellement pleins d'esprit et de courage, avaient été cultivés de bonne heure par des rois et des colonies VENUES d'Égypte, qui, s'étant ÉTABLIES dès les premiers temps en divers endroits du pays, avaient répandu partout cette excellente police des Égyptiens. C'est de là qu'ils avaient appris les exercices du corps, la lutte, la course à pied, la course à cheval et sur des chariots, et les autres exercices qu'ils mirent dans leur perfection par les glorieuses couronnes des jeux Olympiques. Mais ce que les Égyptiens leur avaient appris de meilleur était à se rendre dociles, et à se laisser former par les lois pour le bien public. Ce n'ÉTAIT pas des particuliers qui ne songent qu'à leurs affaires, et ne sentent les maux de l'État qu'autant qu'ils en souffrent eux-mêmes, ou que le repos de LEUR FAMILLE en est troublé : les Grecs étaient instruits à se regarder, et à regarder LEUR FAMILLE comme partie d'un plus grand corps, qui était le corps de l'État. Les pères nourrissaient leurs enfants dans cet esprit, et les enfants apprenaient dès le berceau à regarder la patrie comme une mère commune, à qui ils appartenaient plus encore qu'à leurs parents. Le nom de civilité ne signifiait pas seulement parmi les Grecs la douceur et la DÉFÉRENCE MUTUELLE qui REND les hommes sociables : l'homme civil n'était autre chose qu'un bon citoyen, qui se regarde toujours comme membre de l'État, qui se laisse conduire par les lois, et conspire avec elles au bien public, sans rien entreprendre sur personne. Les anciens rois que la Grèce avait eus en divers pays, un Minos, un Cécrops, un Thésée, un Codrus, un Téméne, un Cresphonte, un Eurysthène, un Patrocle, et les autres semblables, avaient répandu cet esprit dans toute la nation. Ils furent tous populaires, non point en flattant le peuple, mais en procurant son bien, et en faisant régner la loi.

(BOSSUET. — *Discours sur l'Histoire Universelle.*)

Cette dictée ne nous paraît présenter aucune difficulté, au point de vue de l'orthographe usuelle ; les quelques noms propres ou mots dérivés de noms propres qu'elle renferme, sont trop connus pour exposer le candidat le plus ordinaire à commettre des erreurs. D'ailleurs, les noms de rois que nous avons mis entre crochets n'ont pas même été dictés à l'examen, bien qu'ils figurent au texte.

Nous pouvons dire de la ponctuation ce que nous disons de l'orthographe usuelle.... ; le style est tellement coulant, les phrases d'une construction à ce point régulière, que les divers repos s'indiquent d'eux-mêmes.

Restent les difficultés grammaticales.

Nous avons écrit en PETITES CAPITALES les quelques mots qui pourraient embarrasser. Nous allons les passer en revue dans l'ordre où ils se trouvent écrits, en donnant d'abord notre appréciation personnelle, puis l'opinion, quand il y a lieu, des divers auteurs qui la corroborent ou la contredisent.

1° ... *des rois et des colonies* VENUES *d'Égypte, qui, s'étant* ÉTABLIES... (2me ligne).

Plusieurs candidats ont pu se demander si les participes VENU et ÉTABLI se rapportent à *rois et colonies*, ou seulement à ce dernier mot. Nous craignons surtout que d'autres, en assez grand nombre, aient, sans réflexion, mis le masculin pluriel, ces deux qualificatifs semblant se rapporter à deux noms de différent genre unis par *et*.

Ce serait une grave erreur. Ce ne sont pas évidemment les *rois* qui étaient venus d'Égypte, qui s'étaient établis dans *divers* endroits du pays et qui avaient *répandu partout* etc.... ; les Grecs n'empruntaient pas leurs rois aux Égyptiens. Le pronom conjonctif *qui*, sujet de *avaient répandu*, a donc pour seul antécédent *colonies*. ÉTABLIES, se rapportant à *qui*, doit être féminin pluriel, et puisque le mot *colonies* est seul l'objet principal de la pensée, VENUES ne saurait se rapporter qu'à lui.

2° Ce N'ÉTAIT *pas des particuliers qui ne songent qu'à leurs affaires*, (7me ligne).

Faut-il écrire ce N'ÉTAIT ou ce N'ÉTAIENT ?

Consultons successivement :

La règle stricte :

L'opinion de l'Académie ;

Le texte.

Nous avons gardé le texte pour la fin, parce que c'est en sa faveur que nous devons conclure.

La règle stricte veut que le verbe *être*, après le pronom *ce*, soit mis au pluriel, quand il est immédiatement suivi d'un substantif pluriel, ou d'un pronom de la 3 personne du pluriel. Hors ce cas, c'est le singulier qu'il faut employer. La raison en est que le nom ou le pronom, les noms ou les pronoms qui suivent, sont presque toujours les véritables sujets du verbe *être* dont le pronom *ce* n'est que sujet apparent. Or, dans cette tournure essentiellement française, un verbe à la 3e personne du pluriel figurerait bien mal à côté d'un mot qui aurait tout l'air d'en être le sujet et qui serait au singulier, ou même au pluriel, mais à une autre personne que la 3e.

Quant à l'Académie, s'inspirant de l'habitude contractée par les écrivains du siècle de Louis XIV, et par ceux qui leur ont succédé, elle admet indifféremment le singulier ou le pluriel, surtout quand la consonnance est la même, comme à l'imparfait de l'indicatif ou au présent du conditionnel.

Voici quelques exemples où sont mis en opposition les deux nombres dans des cas qui ont entre eux assez de ressemblance, et que nous empruntons aux auteurs dont nous venons de parler :

> « Ce *n'était* partout que violences et brigandages. »
> (ANQUETIL.)

> « Ce *n'étaient* que bals, que festins. »
> (COMINADE.)

> « *C'était* les petites îles qui se trouvent en quantité sur les côtes d'Italie. »
> (BUFFON.)

> « *C'étaient* les Marseillais qui avaient arrêté de lui fermer les portes. »
> (ANQUETIL.)

> « Si l'on voulait ne point se tromper dans sa conduite, ce *serait* d'habiles gens que l'on irait consulter. »
> (TH. CORNEILLE.)

> « *Ce seraient* paroles exquises
> « Si c'était un grand qui parlât. »
> (MOLIÈRE.)

> « Ce *n'était* pas, à la vérité, des morts ressuscités, mais les aveugles avaient vu,... »
> (VOLTAIRE.)

> « Nos vrais biens sont ceux de la nature : c'est le ciel, c'est la terre, *ce sont* ces campagnes,.... »
> (BUFFON.)

Enfin nous trouvons dans le texte qui nous occupe, ce N'ÉTAIT pas *des particuliers qui ne songent qu'à leurs affaires.*

Quand un écrivain comme Bossuet a voulu rendre une idée conçue par lui, qui, mieux que lui, pouvait être compétent pour en exprimer le sens intime ? Identifié avec sa propre pensée, il a écrit le singulier, parce qu'il pensait le singulier. Nous n'avons qu'à nous incliner.

Et d'ailleurs devait-il en être autrement ?

Nous ne sommes pas de l'avis de certains grammairiens qui, s'autorisant de ce que le pronom *ce* rappelle l'idée d'un pluriel ( *des Grecs*, dans le cas qui nous occupe), approuvent l'emploi de *ce sont*, *c'étaient*, *ce furent*, même devant plusieurs noms singuliers.

Soit que le pronom *ce* résume une pensée, soit qu'il résume une série de pensées ou d'êtres cités précédemment, il est toujours singulier et par conséquent gouverne le singulier dans le verbe dont il est le sujet réel.

Reste à savoir si *ce*, dans la phrase dont il s'agit, peut n'être que sujet apparent.

S'il en était ainsi, le sujet réel serait *des particuliers*. Mais il ressort trop évidemment du sens et de la construction, que *particuliers* est un attribut parfaitement caractérisé par l'acception qualificative dans laquelle il est pris.

Et s'il restait le moindre doute à cet égard, une dernière réflexion le ferait disparaître:

Cet autre verbe *songent* a pour sujet *ces particuliers* représentés par *qui*. Or, ce verbe, exprimant un acte habituel, sinon essentiellement présent, semble avoir été placé là pour mettre en garde quiconque serait tenté de donner le même sujet au verbe *était*, se rapportant à une époque passée, parfaitement déterminée.

3°... *le repos de* LEUR FAMILLE (8ᵐᵉ et 9ᵐᵉ lignes).

Cette expression, répétée deux fois, appelle forcément le singulier, bien que *les particuliers* aient, à eux tous, plusieurs *familles*.

En effet, l'emploi du pluriel supposerait entre ces particuliers un sentiment de solidarité ; il semblerait qu'ils pensent en commun, qu'ils agissent de concert, ce qui est tout l'opposé de l'idée qu'a exprimée Bossuet, quand il recommande de ne pas confondre les Grecs avec ces *particuliers* égoïstes, pouvant avoir chacun *ses affaires* personnelles, mais n'ayant, chacun aussi, que *sa famille*. Or, les prenant en masse, il a dû purement et simplement remplacer *ses* et *sa* par *leurs* devant *affaires*, et *leur* devant *famille*.

4°... *la douceur et la déférence* MUTUELLE, *qui* REND... (13ᵐᵉ ligne)

Faire accorder *mutuelle* avec les deux noms, serait une faute grossière.

Évidemment, ce n'est pas la conjonction copulative *et* qui dit d'arrêter la pensée sur le mot *déférence* et d'oublier le mot *douceur* qui précède ; mais cette idée de faire l'accord avec le dernier substantif seul, est on ne peut plus clairement indiquée par le pronom *qui*, singulier, puisque le verbe *rend*, dont il est sujet, présente non-seulement l'orthographe, mais la consonnance du singulier.

D'ailleurs, il est certains adjectifs qui ne s'appliquent pas à certains substantifs. On dit fort bien une *déférence mutuelle*, on ne dit pas une *douceur mutuelle*.

5° *Les anciens rois que la Grèce avait* EUS.... (16ᵐᵉ ligne).

Le sens actif du verbe *avoir* est trop évident, pour qu'on n'applique pas à son participe la règle la plus élémentaire du participe passé ; EUS est équivalent de *possédés*.

Nous n'eussions point parlé de ce dernier mot qui ne constitue pas une difficulté, s'il ne nous était revenu, d'une façon tout à fait indirecte, que deux candidats demandaient, à l'issue des épreuves écrites, s'ils avaient eu tort ou raison d'écrire ce participe invariable.

## ASPIRANTES

### (BREVET ÉLÉMENTAIRE)

2ᵐᵉ Série

## ARITHMÉTIQUE

Un propriétaire s'adresse à trois entrepreneurs, pour faire un certain ouvrage ; les ouvriers du premier le feraient en 10 jours $\frac{5}{12}$ ; ceux du deuxième le feraient en 15 jours, et enfin, ceux du troisième, en 14 jours 3/4.

Si l'on prend la moitié de la première troupe, le tiers de la deuxième et le quart de la troisième, combien mettraient-ils de temps, travaillant ensemble, pour faire cet ouvrage ?

Ce problème donné aux aspirantes de la 2ᵉ série, (25 Mars), a paru, nous dit-on, difficile à un grand nombre, très-difficile à quelques-unes ; on va même jusqu'à nous affirmer qu'il en est qui n'ont pas eu le courage d'en tenter la solution.

Et pourtant, aucune de ces demoiselles, nous en sommes persuadé, n'a suivi son cours d'arithmétique, sans résoudre plusieurs fois des problèmes, sinon identiques, du moins semblables à celui-ci.

Seulement, elles se sont effarouchées devant deux petites complications qui ne méritent pas même le nom de difficultés.

C'est toujours l'histoire renouvelée des bâtons flottants :

1° Au lieu de donner en nombres entiers de jours le temps nécessaire à chaque troupe, on l'a exprimé en nombres fractionnaires, du moins pour la première et la troisième.

2° Au lieu de mettre à l'œuvre les trois troupes entières, on n'a employé qu'une partie de chacune d'elles.

Eh, qu'importe !... C'est toujours le même raisonnement et les mêmes opérations.

Il y a plusieurs marches à suivre pour arriver à la solution. Nous en trouvons trois, entr'autres, qui ne diffèrent que par l'ordre adopté dans la combinaison des données du problème et de leurs rapports respectifs, et un peu aussi par la forme du raisonnement qui conduit au travail effectué dans l'unité de temps, ou le jour.

Nous avons choisi la marche qui nous paraît la plus rationnelle, et nous nous y sommes arrêté avec d'autant plus de raison qu'elle est plus expéditive, à cause de la simplicité relative des nombres par lesquels elle nous fait passer.

Le travail à faire n'étant pas exprimé en une mesure quelconque, représentons-le par 1 et cherchons quelle est la fraction de cette unité de travail que chaque portion de troupe fera dans un jour.

Si la première troupe met 10 jours $\frac{5}{12}$ pour faire ce travail, la moitié de cette troupe y mettrait 2 fois plus de temps ou $10\ \frac{5}{12} \times 2 = 20$ jours $\frac{10}{12}$ 20 jours $\frac{5}{6}$

Si nous divisons 1 qui représente le travail, par le nombre de jours employés à l'effectuer, nous aurons évidemment pour quotient la fraction du travail effectuée en un jour ; or

$$1 \div 20\frac{5}{6} = 1 \div \frac{125}{6} = \frac{6}{125}$$

On arriverait à la même conclusion en disant : Si en 20 jours $\frac{5}{6}$ cette demi-troupe fait un travail, en un jour elle fera $20\frac{5}{6}$ fois moins ou $\frac{1}{20\frac{5}{6}} = \frac{6}{125}$.

Ou encore en disant : si en 125 sixièmes de jour, elle fait l'unité de travail, en un sixième de jour elle fera 125 fois moins ou $\frac{1}{125}$

et en 6 sixièmes de jour ou un jour entier, elle en fera 6 fois plus ou $\frac{6}{125}$

La moitié de la troupe fait donc dans un jour $\frac{6}{125}$ du travail.

Si la 2e troupe fait le travail en 15 jours, le tiers de cette même troupe mettra 3 fois plus de temps ou $15 \times 3 = 45$ jours, et elle fera en un jour $\frac{1}{45}$ du travail.

Si la 3e troupe met 18 jours $\frac{3}{4}$, le quart de cette même troupe mettra 4 fois plus de temps ou

$$18\ \frac{3}{4} \times 4 = \frac{75}{4} \times 4 = 75 \text{ jours.}$$

et elle fera dans un jour $\frac{1}{75}$ du travail.

Les trois portions de troupes réunies feront dans un jour

$$\frac{6}{125} \times \frac{1}{45} \times \frac{1}{75} \text{ du travail.}$$

On réduisant au même dénominateur par la méthode du plus petit commun multiple :

$$\frac{54}{1125} + \frac{25}{1125} + \frac{15}{1125} = \frac{94}{1125}$$

On obtient pour un jour $\dfrac{94}{1125}$ du travail.

Enfin, le travail étant divisé en 1125 parties égales, si on en fait 94 dans un jour, il faudra, pour tout terminer, autant de jours que 94 est contenu de fois en 1125 : ou

$$1125 \div 94 = 11 \text{ jours } \dfrac{91}{94}$$

On pourrait dire encore : le travail étant 1 et la portion effectuée dans un jour $\dfrac{94}{1125}$, il faudra autant de jours que 1 contient de fois $\dfrac{94}{1125}$

$$1 \div \dfrac{94}{1125} = \dfrac{1125}{94} = 11 \dfrac{91}{94}$$

Il faudra 11 jours $\dfrac{91}{94}$ ou 12 jours à $\dfrac{3}{94}$ près.

Nous prions nos lecteurs de remarquer que la marche suivie dans la solution ci-dessus, n'est pas celle qui se présente naturellement à la pensée. Ce n'est pas celle non plus à laquelle nous nous sommes arrêté de prime abord.

On est tenté de chercher au début quelle est la fraction du travail faite par chaque troupe dans l'unité de temps ou le jour, puis de prendre la moitié de la première, le tiers de la deuxième et le quart de la troisième.

Mais en examinant la question un peu attentivement, on est conduit à remarquer qu'au lieu de transformer d'abord le temps employé par chaque troupe en portion de travail effectué par jour, il est préférable de se demander quel est le temps qu'emploieraient 1° la moitié de la première, 2° le tiers de la deuxième, 3° le quart de la troisième.

En effet, la fraction ne se complique pas pour la première : le nombre de jours reste entier pour la deuxième ; enfin, pour la troisième, le dénominateur disparaît.

La simplification que nous signalons n'a pas une importance bien sérieuse ; seulement, nous avons cru devoir la signaler à ceux qui ne la remarqueraient pas.

En mathématiques, plus que dans toute autre science, les procédés les plus simples sont toujours ceux que l'on doit rechercher. Les résultats ne peuvent qu'être identiques, et ce sont autant de chances en moins que l'on court de commettre des erreurs de calcul.

L'algèbre fournit, pour certains cas spéciaux, des formules précieuses, grâce auxquelles on fait disparaître, dans les applications que l'on en fait, des opérations souvent longues et compliquées qui s'annulent en tout ou en partie les unes par les autres. Pourquoi ne saisirait-on pas toutes les occasions, quoique moins fréquentes qui se présentent d'agir de même en arithmétique ?

## ASPIRANTS

### (BREVET COMPLET)

### GÉOGRAPHIE

Provinces réunies à la couronne de France sous Louis XI, et départements qui en ont été formés.

### Cinq provinces ont été réunies à la couronne de France sous Louis XI :

| | | | |
|---|---|---|---|
| LA PICARDIE | Enlevée aux anglais par Charles VII, puis engagée au duc de Bourgogne et définitivement réunie à la couronne en 1463. | Entre l'Artois et le Pas-de-Calais au N., la Manche à l'O., la Normandie au S.O., l'Ile-de-France au S., et la Champagne à l'E. | A formé le département de la Somme, et quelques parties de ceux du Pas-de-Calais, de l'Aisne et de l'Oise. |
| LA BOURGOGNE | Dont Louis XI s'empara à la mort de Charles le Téméraire, en 1477. | Bornée au N. par la Champagne, à l'E. par la Franche-Comté et la Savoie, au S. par le Lyonnais et le Dauphiné, à l'O. par le Bourbonnais et le Nivernais. | A formé les départements de la Côte-d'Or, Saône-et-Loire, Ain, et une faible partie de ceux de la Haute-Loire, de l'Aube et de l'Yonne. |
| LE MAINE | Echu en héritage à Louis XI, en 1481, par le testament des derniers héritiers mâles de la maison d'Anjou. | Entre la Normandie au N., la Bretagne à l'O., l'Anjou au S.O., la Touraine au S., l'Orléanais à l'E. | A formé la plus grande partie des départements de la Sarthe et de la Mayenne et quelque peu de celui d'Eure-et-Loir. |
| L'ANJOU | Id. | Entre Le Maine au N., la Bretagne à l'O., le Poitou au S., la Touraine à l'E., et sur la basse Loire. | Forme aujourd'hui le département de Maine-et-Loire et, dans les départements de la Mayenne, de la Sarthe et Indre-et-Loire, les arrondissements de Château-Gontier, La Flèche et (en partie) de Chinon. |
| LA PROVENCE | Id. | Entre le Dauphiné et le Comtat Venaissin au N., les Alpes à l'E., qui la séparent du Piémont et du Comté de Nice, la Méditerranée au S., et le Languedoc à l'O. | A formé les départements des Bouches-du-Rhône, du Var, des Basses-Alpes, la partie E. de celui de Vaucluse, et une petite portion de celui de la Drôme. |

# LA FRANCE SOUS LOUIS XI

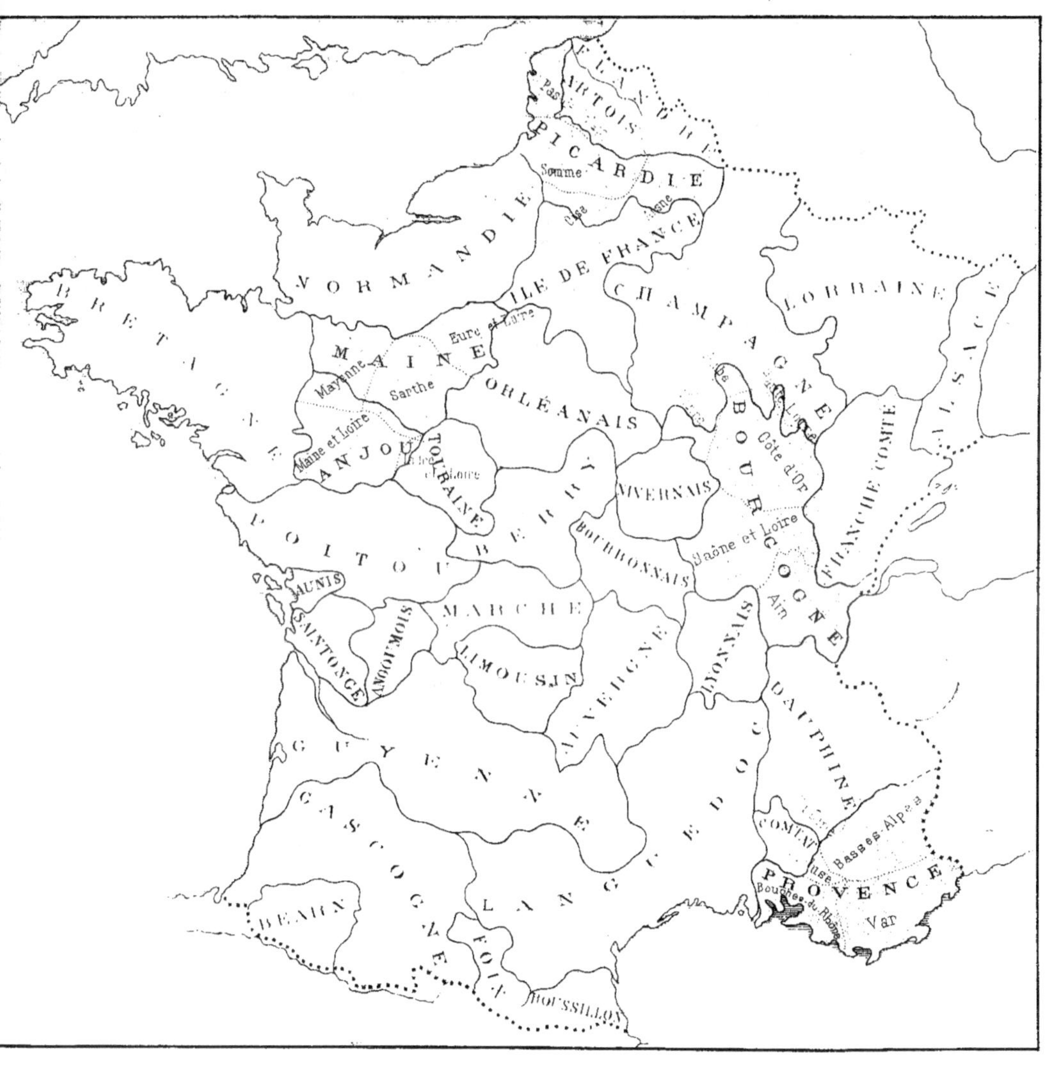

Nous aurions pu, à la rigueur, comprendre le Roussillon dans les acquisitions qui précèdent, cette province ayant été engagée à Louis XI, en 1462, par Jean II d'Aragon, pour 300,000 écus d'or ; mais le Roussillon ne fit partie qu'incidemment alors du domaine royal, car Charles VIII le restitua en 1492 à Ferdinand le Catholique.

Nous en dirons autant de l'Artois et de la Franche-Comté, provinces conquises sur Marie de Bourgogne, cédées à Louis XI par le traité d'Arras, 1482, mais restituées aussi par Charles VIII en 1493.

Nous croyons devoir faire remarquer que bien que l'assemblée constituante, en transformant les provinces en départements, ait cherché à diviser le territoire en parties à peu près équivalentes, chacune des divisions anciennes ne correspond pas à un nombre exact de divisions nouvelles. C'est ce que nous avons essayé d'indiquer le plus exactement possible, dans la carte ci-jointe, pour les provinces dont nous avions à nous occuper. — Les provinces qui appartenaient à la couronne de France à l'avènement de Louis XI sont teintées en *jaune*, les provinces réunies, en *rose*. Le Roussillon, l'Artois et la Franche-Comté sont signalés par un pointillé.

---

## GÉOMÉTRIE

On coupe un tronc de cône par un plan parallèle aux bases, de telle sorte que l'aire de la section soit moyenne arithmétique entre les deux bases.

Calculer les deux parties de la hauteur du tronc dans lesquelles cette hauteur se trouvera divisée.

Appliquer à l'exemple suivant : Rayon de la grande base 6 mètres ; Rayon de la petite base 4 mètres ; Hauteur du tronc 8 mètres.

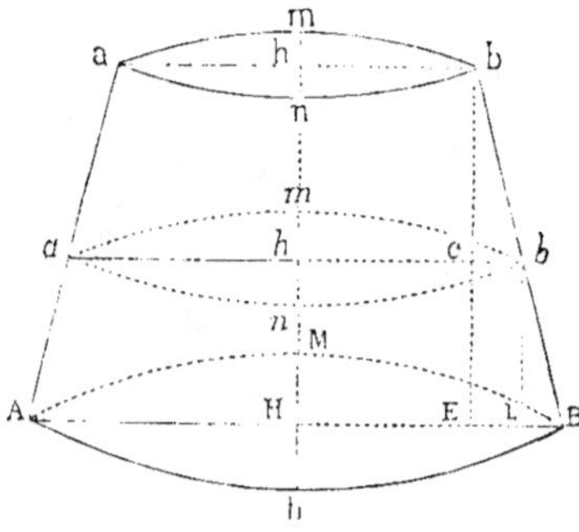


Soient :

a b A B le tronc de cône.

A M B N la grande et H B son rayon.

a m b n la petite basse et h b son rayon.

a m b n la section déterminée par le plan parallèle qui coupe le tronc, et h b son rayon.

H h la hauteur connue du tronc.

H h la hauteur du tronc inférieur formé par la section.

h h la hauteur du tronc supérieur formé par cette section.

Il s'agit de déterminer H $h$ et $h$ b.

Commençons par déterminer le rayon $h$ $b$ de la section $a$ $m$ $b$ $n$.

Et d'abord, appelons S l'aire de la grande base ; s l'aire de la petite base ; s l'aire de la section déterminée par le plan parallèle qui coupe le tronc du cône.

Nous avons

$$S = \pi \, \overline{H \, B}^2$$

$$s = \pi \, \overline{h \, b}^2$$

$$s = \pi \, \overline{h \, b}^2$$

Or, puisque $s$ doit être moyenne arithmétique entre S et $s$, nous aurons

$$s = \frac{S + s}{2}$$

$$\text{ou } \pi \, \overline{h \, b}^2 = \frac{\pi \, \overline{H \, B}^2 + \pi \, \overline{h \, b}^2}{2}$$

$$\text{ou } \pi \, \overline{h \, b}^2 = \pi \left( \frac{\overline{H \, B}^2 + \overline{h \, b}^2}{2} \right)$$

$$\text{ou } \overline{h \, b}^2 = \frac{\overline{H \, B}^2 + \overline{h \, b}^2}{2}$$

$$\text{ou } \overline{h \, b}^2 = \frac{6^2 + 4^2}{2} = 26$$

$$\text{ou } h \, b = \sqrt{26} = 5,0911$$

Maintenant que nous connaissons les trois rayons, faisons passer un plan par la ligne H $h$ qui mesure la hauteur du tronc en passant par les centres. Quelle que soit la direction de ce plan, il sera perpendiculaire aux trois bases et déterminera un trapèze A B a b, divisé par la ligne H h en deux autres trapèzes A H a h et B H b b ; de plus, ce même plan déterminera en coupant la section $a$ $m$ $b$, le diamètre $a$ $b$ de cette section qui sera parallèle à A B et à a b.

Considérons l'un de ces trapèzes, celui de droite, par exemple

Si des points b et $b$, nous menons sur le diamètre A B les perpendiculaires b E et $b$ L, nous déterminons trois triangles rectangles b E B, b c $b$, $b$ L B, qui sont semblables, comme ayant leurs côtés homologues respectivement parallèles.

De la similitude de ces triangles, il nous est facile de déduire la mesure des côtés $b\,e$, $b\,L$ en fonctions des autres côtés.

1° En comparant les deux triangles semblables $b\,e\,b$ et $b\,E\,B$, nous avons :

$$\frac{b\,e}{b\,E} = \frac{b\,e}{B\,E} \qquad \text{d'où} \quad b\,e = \frac{b\,e \times b\,E}{B\,E} \tag{1}$$

Mais $b\,e = b\,h - h\,e$ ou $b\,h - b\,h = 5{,}0911 - 4 = 1{,}0911$

$$b\,E = b\,H = 8$$

$$B\,E = B\,H - b\,h = 6 - 4 = 2$$

$$\text{d'où } (1) \quad b\,e = \frac{1{,}0911 \times 8}{2} = 4{,}3644$$

$$\text{Mais } b\,e = h\,h \qquad \text{Donc } h\,h = 4{,}3644$$

C'est la hauteur du trone supérieur déterminé par la section du plan parallèle. Reste à déterminer $h\,H$ ; une soustraction suffit.

$$h\,H = h\,H - h\,h = 8 - 4{,}3644 = 3{,}6356$$

Comme vérification, cherchons $h\,H$ comme nous avons cherché $h\,h$.

2° En comparant les deux triangles semblables $b\,L\,B$ et $b\,E\,B$, nous avons

$$\frac{b\,L}{b\,E} = \frac{B\,L}{B\,E} \quad \text{ou} \quad b\,L = \frac{b\,E \times B\,L}{B\,E} \tag{2}$$

Mais $b\,E = 8$

$$b\,L = B\,H - B\,L = C\,H - b\,b = 6 - 5{,}0911 = 0{,}9089.$$

$$\text{d'où } (2) \quad b\,L = \frac{8 \times 0{,}9089}{2} = 3{,}6356$$

Mais $b\,L$ n'est autre chose que $h\,H$.

| | |
|---|---:|
| La hauteur du trone inférieur est donc | 3,6356 |
| Celle du trone supérieur est . . . | 4,3644 |
| Hauteur totale       | 8,0000 |

# DESSIN D'IMITATION

## MODÈLE

*( Doubler les proportions )*

*Italienne (d'après nature)*

## DESSIN D'IMITATION

### EXÉCUTION

Les explications relatives au dessin publié dans le présent fascicule (Italienne, *d'après nature*), paraîtront dans le prochain.

Nous pensons qu'il nous sera possible de donner bientôt la liste de tous les candidats admis dans les divers départements du ressort de l'Académie d'Aix, ainsi que les noms des établissements ou des professeurs qui les ont présentés. A cet égard, nous recevrons avec empressement les indications qui pourront nous être fournies.

Ces renseignements, comme toutes observations relatives à notre œuvre, devront être adressés à la direction, rue Saint-Ferréol, 27, à Marseille.